U0065230

兒童問題解決系列 ④

媽媽，請不要走

林玫君◆譯

2ND EDITION

◆ A CHILDREN'S PROBLEM SOLVING BOOK ◆

Mommy, Don't Go

Written by Elizabeth Crary
Illustrated by Marina Megale

譯者簡介

林玫君

現任

國立臺南大學藝術學院院長

國立臺南大學戲劇創作與應用學系專任教授

學歷

美國亞歷桑那州立大學課程與教學組學前教育博士

美國亞歷桑那州立大學戲劇教育碩士

經歷

國立臺南大學幼兒教育學系教授兼系主任

教育部幼兒美感及藝術教育扎根計畫主持人

教育部幼托整合課綱美感領域主持人

國立臺南大學戲劇創作與應用系創系主任

香港幼兒戲劇教育計畫海外研究顧問

英國 Warwick 大學訪問學者

論文及譯著作

幼兒美感暨戲劇教育及師資培育等相關論文數十篇及下列書籍：

幼兒園美感教育（著作，心理，2015）

兒童情緒管理系列（譯作，心理，2003）

兒童問題解決系列（譯作，心理，2003）

兒童自己做決定系列（譯作，心理，2003）

在幼稚園的感受：進森的一天（譯作，心理，2002）

創作性兒童戲劇入門：教室中的表演藝術課程（編譯，心理，1995）

創作性兒童戲劇進階：教室中的表演藝術課程（合譯，心理，2010）

酷凌行動：應用戲劇手法處理校園霸凌和衝突（合譯，心理，2007）

創造性戲劇理論與實務：教室中的行動研究（著作，心理，2005）

幼兒園創造性戲劇理論探討與實務研究（著作，供學，2002）

家長們（或其他的成人）可以教導孩子如何思考

我寫了六本與問題解決有關的書，來幫助孩子學習如何解決社會問題。每本書都在探討一些孩子常常遇到的麻煩，如：和別人分享、等待、慾望、迷路、被取綽號等。孩子在思索書中的問題時，應該會充滿了興致，因為這些書的內容具互動性；它需要小聽眾或小讀者們，主動地幫助故事中的主角做決定並解決問題。

這些書為什麼不一樣

這些書看起來與眾不同，因為它們能發揮不凡的功效。它們以三種方式來教導孩子思考日常生活中面臨的問題：第一，示範「三思而後行」的過程。第二，為孩子提供多樣處理問題的方式。第三，呈現一個人的行為如何影響別人的歷程。研究中顯示，如果一個孩子愈能運用多元策略來解決自己的社會問題，他的社會適應能力就愈好。

如何使用本書

幾乎在每一頁中，你都可以找到一些問題來詢問孩子。在你讀到頁中的黑體字之前，給孩子一點時間思考如何回答這些問題。每一次討論到「抉擇」的部分（灰色欄中），讓孩子自己選擇要怎麼做。之後就翻到他們選擇的那一頁，看看會發生什麼事情。所有的替代方案並無對錯之別，我們只是提供孩子思考的機會。問題的結果能夠讓孩子自我發現——了解為什麼有些方法比另一些方法還有效果。

我也把一些和情緒有關的問題加進去，讓孩子思考當問題發生時，他們對一件事的感受是什麼。其實，對於事情的感受並無好壞之別，只是這些感覺是真實存在的。能察覺自己感受的能力，可以幫助孩子以符合自己或別人需要的方式，來思考問題解決的策略。

從故事轉到現實的生活

每本書的最後一頁，會邀請小讀者自己列出解決故事問題的其他方法。只要適當的引導，你的孩子可以利用書中的策略，來思考一些自己可能需要解決的問題。對一些不願意談論自己問題的孩子，你可以要他們討論：「如果換成書中的主角遇到這樣的狀況，他會怎麼做？」

透過閱讀這些書，你在幫助你的孩子學習怎麼做決定。更進一步地，你在教導他（她）：「思考和學習是有趣的」。孩子透過思考來學習思考，而不是經由直接的灌輸教導。盡量給予孩子充分練習思考及解決問題的機會。

祝大家玩得愉快！

Elizabeth Crary
西雅圖／華盛頓

譯者序

「情緒」是人類與生俱有的本能與特點，它是一種複雜又難以用言語形容的生理反應及心理感覺。無論對大人或兒童而言，如何了解及面對自己的情緒是一件重要的事。多數的人都能接受正面的情緒如快樂、高興、喜悅或驚喜；但許多負面的情緒如生氣、悲傷、害怕或焦慮等反應，卻讓人難以接受。因此，當我們聽到孩子哭的時候，常常急著平撫：「乖乖，不要哭。」再不然，就斥責小孩：「哭什麼哭，有什麼好哭的?」當耐心磨盡時，更會威脅著說：「再哭，我就叫警察來抓你了!」通常孩子會愈哭愈大聲，不然就是被迫停止哭泣，但心中的不解與情緒的震撼，始終未被適當地疏導或解決。勉強壓抑的情緒終究會繼續發生，就像是個不定時炸彈，不知何時又會爆發。

許多負面的情緒常是因著一些生活上的問題或衝突未獲解決而產生。在面對孩子的麻煩時，大人常常以簡化的方式來擺平問題，例如在家中或教室裡，我們常會聽到成人要肇事的孩子以「對不起」、「用說的」、或是「下次不可以這樣」來解決問題。而有些大人則認為，孩子應該學著去解決自己的問題，因此，當衝突發生時，就告訴孩子：「我不管，你們自己去處理。」問題是——大人從來沒有提供任何的引導，孩子怎麼知道他可以如何解決當下發生的問題？

從小就很少有人教導我們如何去面對、接受或處理一些複雜難過的情緒與問題。多數人一直被教導著要「知禮守份」，只要乖乖聽話或用功讀書就好，其他的一概不用管，也不需要學。在生活中，「生氣罵人」是大人的權利；而「害怕」、「哭泣」是小Baby的行為。當生氣難過時，我們已經習慣去壓抑這些大人所認為的「不恰當」反應；而當麻煩出現時，我們也學著去忽略或者簡單處理這一些問題。漸漸地，當我們成為父母、為人師表時，在面對孩子的情緒反應及問題行為的當下，我們也不自覺地運用同樣的方法去壓抑這些負面的情緒及生活中的問題。

在今日瞬息萬變的社會中，孩子更是提前面對各類複雜的情緒與問題。家長與教師在處理這些狀況時，不能再如以往，用逃避或壓抑的態度來面對，他們更需要提供孩子各類的機會去了解自己的情緒且學習如何解決因應而生的問題。本書作者Elizabeth Crary就針對這個部分的需要，提供她個人的專業經驗。作者利用故事情境，為成人及孩子提供一個互動討論的空間。透過故事中的替代經驗，孩子得以發現不同的情緒表達方式與不同的行動所產生的後果。除了直接的討論外，筆者也建議成人利用戲劇扮演的方式來引導幼兒。藉此，幼兒更能深刻體認劇中人物的遭遇，並藉此來探討與自己有關的情緒經驗和社會問題。

林玫君

這是一個與修文有關的故事。
他喜歡爬樹、和朋友一起玩賽車，
還有幫媽媽煮東西。

修文平常自己就可以玩得很開心。可是，現在他卻很難過，因為媽媽有事要出門。

雖然褓姆阿姨會來陪他，可是他想要媽媽留在家裡。

修文該怎麼做，才會覺得好過一點呢？

（等到孩子開始回答你的問題時，請翻到第4頁「如何使用本書」的部分，其中有如何鼓勵孩子思考的建議。）

抉擇

修文想出九個點子，他可以——

他該先試試看哪個點子呢？

（等待孩子的回答。然後翻到恰當的頁數，繼續這個故事。）

設法使媽媽留下來

修文決定要想辦法讓媽媽留下來。

他把門鎖起來，而且用雙臂緊緊地抱住媽媽的大腿不放。他大哭：「媽媽不要走，媽媽不要走。」

媽媽說：「我知道你不想讓我離開，可是我真的必須要出去一下啊！」修文抱得更緊了。

媽媽問他：「你要不要把手放開，好好的和我說再見？還是要褓姆阿姨抱住你，才能讓我離開？」

修文決定把手放開。

修文現在覺得怎樣呢？

既難過又生氣。難過的是媽媽還是要走；生氣的是他沒有辦法讓媽媽留下來。

抉擇

你覺得修文接下來會做什麼事呢？

裝出一點也不在乎的樣子……第18頁
大哭一場……第20頁

問媽媽可不可以留下來

他決定問媽媽可不可以留下來。他告訴媽媽自己的感覺：「媽媽，你可不可以不要出去，我真的不想讓妳離開我，我會好想念妳的。」

「我也會很想念你的，修文，你是媽媽的寶貝。你不想讓我走，是不是有什麼擔心的事呢？」媽媽問。

「我很擔心妳會受傷、死掉、或者發生任何意外。」修文啜泣地說。媽媽坐在修文的旁邊回答：「你這麼講，聽起來實在很可怕。媽媽該怎麼做，才可以讓你放心呢？」

「我也不知道，我實在不知道該怎麼辦。」

「要不要給你一些建議呢？」媽媽問。

修文馬上回答：「好啊！」

（請翻到第14頁。）

媽媽想了一會兒，然後說：「我有三個好主意：

你可以把媽媽的東西帶在身邊，等我回家；

或者我可以從外面打電話給你，讓你知道我很平安；

或者可以請你的好朋友來家裡玩。」

「媽媽的建議，你覺得怎麼樣呢？」媽媽問著。

「我想要把妳的東西帶在身邊，等妳回來。」修文回答。

修文現在覺得怎樣呢？

很高興但也有點難過。高興的是他知道在媽媽心中，他還是很重要的；但是也有點難過，因為媽媽還是得離開。

（請翻到第16頁。）

把媽媽的東西帶在身邊

修文很擔心媽媽不會回來了。「媽媽，我可不可以把妳的東西帶在身邊？」修文問媽媽。

「如果你可以隨身帶著媽媽的東西，是不是就可以讓你覺得好過一點呢？」媽媽問。

「是啊！」修文回答。「我想妳的時候，就可以摸摸它。」

「知道嗎，孩子，你比我的任何東西都重要，你當然可以隨身帶著媽媽的東西，等我回來。」

「媽媽有三個建議，你可以——

從我的珠寶盒裏挑一件珠寶；

拿著媽媽那件軟軟的浴袍，覺得孤單時可以緊緊地抱著它；

或者帶著媽媽的照片，等我回來。」

「嗯，那我想要那個漂亮的貓咪項鍊。」修文說。

媽媽說：「好啊，你去把我的珠寶盒拿來。」

修文現在覺得怎樣呢？

很快樂。至少在媽媽回來以前，他可以帶著一些特別的東西在身邊。

你覺得這個結局如何呢？

（如果要繼續的話，請翻到第28頁。）

裝出一點也不在乎的樣子

修文覺得很生氣，因為媽媽要離開了，他決定要讓媽媽覺得不舒服。當媽媽離開時，他裝出一點也不在乎的樣子。

他把小車子拿出來，然後在客廳的中央玩賽車。他連一眼都不看媽媽，即使媽媽已經把外套穿上了，他還是不看她。

「我準備要走囉！」媽媽說。他假裝沒有聽到。

媽媽問：「在媽媽離開前，要不要讓我抱一下啊？」修文沒有回答。

媽媽給他一個飛吻，然後說：「你今天在家裡想怎麼過都可以，雖然媽媽不在，可是媽媽還是很愛你。」

修文現在覺得怎樣呢？

他覺得很可怕。他想讓媽媽覺得難過，可是卻沒有用；而且他沒有跟媽媽抱抱，說再見。

抉擇

修文現在會怎麼做呢？

告訴褓姆阿姨他很難過……第22頁
給媽媽一個驚喜……第24頁

大哭一場

修文開始大哭。他坐在沙發上一直哭一直哭，直到媽媽準備要走的時候，他還在那裡哭。

當媽媽準備好要出去了，她走到修文身邊告訴他：「媽媽好愛你，即使媽媽離開了，媽媽也很愛你。要記得喔！媽媽一定會回來的。如果你需要，可以找人幫你想辦法快樂起來！」

然後她抱抱修文，就離開了。

修文現在覺得怎樣呢？

既生氣又難過，但也覺得鬆了一口氣。他很生氣，因為他哭得這麼傷心，媽媽還是沒有留下來；他也很難過，因為媽媽離開了；但是他又很高興，因為媽媽還是會回來。

抉擇

修文下一步應該怎麼做呢？

告訴褓姆阿姨他很難過 第22頁

自己找樂子 第26頁

告訴褓姆阿姨他很難過

修文決定告訴褓姆阿姨他很難過。

他看到褓姆阿姨正在廚房裡泡咖啡。「阿姨，我真希望媽媽沒有走，我想要她現在就回來。」修文說。

阿姨說：「你愛你的媽媽，而且你很想念她。你媽媽也很愛你。但是她不在的時候，你要一直這麼難過嗎？」

修文不想要一直這樣。「不要！」他回答。

「那你可不可以想想看，媽媽不在的時候，有什麼可以讓自己高興一點的方法呢？」

「對啊，我可以給媽媽一個驚喜或是讀一本故事書。」

修文現在覺得怎樣了？

快樂。他知道即使媽媽不在的時候也很愛他，而且他已經想到要做什麼事了。

抉擇

修文現在會怎麼做呢？

給媽媽一個驚喜……**第24頁**

要求抱一抱……**第28頁**

給媽媽一個驚喜

修文希望讓自己好過一點。他想要為媽媽做一些特別的東西，等媽媽回來的時候，可以給她一點驚喜。

他跟褓姆阿姨商量可以做什麼。修文很喜歡煮東西，他決定做一個「歡迎回家」的餅乾給媽媽吃。

修文現在覺得怎樣呢？

很快樂。他本來是很難過的，可是現在正在為媽媽準備一份驚喜的禮物，所以他覺得很快樂。

你喜歡這樣的結局嗎？

自己找樂子

修文的媽媽已經離開了，他覺得很難過，但是他決定要讓自己好過一點。

他想到一些可以做的事，他可以——

抱著媽媽軟軟的浴袍，蜷臥在搖椅上休息；

和他的小寵物貓咪在一起；

或是請褓姆阿姨抱他一下。

你覺得修文現在會怎麼做呢？

（請翻到第28頁。）

要求抱一抱

修文覺得很孤單，他希望好過一點，但是他實在不知道該怎麼辦。突然，他想到媽媽說如果需要安慰，可以要褓姆阿姨抱抱。

於是他跑去找褓姆阿姨。他說：「阿姨，我覺得好難過，因為媽媽出門了，妳可不可以抱我一下。」

「當然啊！」褓姆阿姨說：「不一定要等到很難過的時候才找我抱。我隨時都可以抱你啊！」

褓姆阿姨抱住他，然後說：「你想不想做什麼事呢？」

修文想了一會兒，然後回答說：「我很想讀一本故事書。」

「好啊！」褓姆阿姨贊成。「你去選一本書來讀吧！」

修文現在覺得怎樣呢？

難過也很高興。難過的是媽媽已經出門了；高興的是他還是可以得到很多安慰。

你喜歡這樣的結局嗎？

修文決定要抱著媽媽的浴袍。他找到媽媽的浴袍，然後爬到搖椅上。

媽媽的浴袍感覺好溫暖好舒服哦！在搖椅上搖來搖去的感覺，就像跟媽媽在一起的感覺一樣棒。很快地，他就覺得沒這麼孤單難過了。

他一面搖著椅子，一面讀著他最喜歡的書，假裝媽媽就在一旁唸書給他聽。

修文現在覺得怎樣呢？

好多了。他還是很想念媽媽，可是至少現在已經找到讓自己好過一點的方法了。

你喜歡這樣的結局嗎？

想法欄

以下是修文想到的主意。

你可以開始列下一些自己的想法，當你親近的人要離開你的時後，可以做些什麼事？如果隨時有新的點子，可以再加上去。祝你玩得愉快！

修文的想法	你的想法
✔ 設法使媽媽留下來	✎
✔ 問媽媽可不可以留下來	✎
✔ 告訴媽媽他的感覺	✎
✔ 把媽媽的東西帶在身邊	✎
✔ 裝出一點也不在乎的樣子	✎
✔ 大哭一場	✎
✔ 告訴褓姆阿姨他很難過	✎
✔ 給媽媽一個驚喜	✎
✔ 跟貓咪一起玩	✎
✔ 要求抱一抱	✎
✔ 要求讀故事書	✎
✔ 抱著媽媽軟軟的浴袍	✎
✔ 坐在搖椅上搖一搖	✎

兒童問題解決系列 52020

媽媽，請不要走

作　　者：Elizabeth Crary
插　　畫：Marina Megale
譯　　者：林玟君
執行編輯：陳文玲
總 編 輯：林敬堯
發 行 人：洪有義
出 版 者：心理出版社股份有限公司
地　　址：231 新北市新店區光明街 288 號 7 樓
電　　話：(02) 29150566
傳　　真：(02) 29152928
郵撥帳號：19293172　心理出版社股份有限公司
網　　址：http://www.psy.com.tw
電子信箱：psychoco@ms15.hinet.net
駐美代表：Lisa Wu (lisawu99@optonline.net)
排 版 者：博創印藝文化事業有限公司
印 刷 者：博創印藝文化事業有限公司
初版一刷：2003 年 1 月
初版八刷：2016 年 3 月
I S B N：978-957-702-548-7（全套）
定　　價：新台幣 650 元（全套六冊，不分售）

解決社會問題……

兒童問題解決系列　教導兒童思考他們所遇到的問題。每個互動性的故事可讓讀者選擇主角的行動，並且知道結果為何。適用年齡為三至八歲。
本系列由 Elizabeth Crary 撰寫， Marina Megale 繪圖，林玫君翻譯。

52021 美美和咪咪都想玩小貨車

52022 小珍不喜歡被小迪叫笨蛋

52023 宗凱不想一個人玩，他想和別人一起玩

52024 修文的媽媽準備要出門，他感到難過又害怕

52025 琪美正在玩跳跳床，小志也想玩，他等不及了！

52026 佳佳和爸爸在動物園走失了，她很擔心找不到爸爸

應付強烈的情緒……

兒童情緒解決系列　介紹六種強烈的情緒。孩子可以從書中發現安全且具有創造性的方式來表達這些情緒。每個互動性的故事可讓讀者選擇主角的行動，並且知道結果為何。適用年齡為三至九歲。

本系列由 Elizabeth Crary 撰寫，Jean Whitney 繪圖，林玫君翻譯。

52011 我好生氣

52012 我好沮喪

52013 我好得意

52014 我好害怕

52015 我好興奮

52016 我好氣憤

解決人際關係的困擾……

兒童自己做決定系列　教導兒童去思考他們和其他兒童相處時可能遇到的問題。每個互動性的故事都可讓讀者選擇主角的行動，並且知道結果為何。適用年齡為五至十歲。本系列由 Elizabeth Crary 撰寫，Susan Avishai 繪圖，林玫君翻譯。

52031　有人偷了心怡的醃黃瓜，她該怎麼辦呢？

52032　小威需要安靜，他的妹妹想要玩——現在，他該怎麼辦？

52033　芳芳的一個同學總是從她頭上搶走她的帽子，她該怎麼辦？

52005　在幼稚園的感受：進森的一天

讓我們跟著進森走入他的幼稚園，去體驗一個四歲大的孩子，在學校一天生活中可能發生的狀況與感受，包含生氣、驕傲、及各種複雜的心情。透過老師的幫忙，進森慢慢練習用言語來表達他的感受。老師可以試著拿進森的例子和幼兒討論他們的感覺。在學前的階段，如何妥善表達及處理自己的感覺是非常重要的學習經驗。

本書由 Susan Conlin 與 Susan Levine Friedman 撰寫，M. Kathryn Smith 繪圖，林玫君翻譯。